W0360315

La princesse de la serpillière

Susie Morgenstern

La princesse de la serpillière

Illustrations de Sébastien Mourrain

Mouche
l'école des loisirs
11, rue de Sèvres, Paris 6e

© 2017, l'école des loisirs, Paris
*Loi n° 49.956 du 16 juillet 1949 sur les publications
destinées à la jeunesse : mars 2017
Dépôt légal : juin 2017
Imprimé en France par l'imprimerie Pollina - 81277*

ISBN 978-2-211-23124-4

Pour Martine Alunni,
qui, depuis des années
est ma princesse de la poussière.

Dès qu'elle ouvre les yeux, Pivoine se lève d'un bond. Un jour nouveau commence pour elle, qui verra son lot d'époussetage et de rangements.

Pivoine démarre toujours de la même façon. Méthodique, implacable, elle défait son lit et tire son drap jusqu'au dernier pli, retape ses oreillers et les place sur deux chaises sous la fenêtre, puis secoue énergiquement sa couette avant de l'étendre sur le rebord de la même fenêtre qu'elle a pris soin d'ouvrir. Tout ça s'aérera pendant qu'elle prendra son petit déjeuner. Pivoine est satisfaite. Sa grand-mère lui a toujours dit : « Comme on fait son lit, on se couche. » Mais, chaque matin, sa femme de chambre surgit.

– Je peux faire votre lit, princesse ?

– Surtout pas ! Il faut que ma chambre s'aère. Je le ferai après mon petit déjeuner.

– Qu'est-ce que je vais devenir, si vous me prenez mon travail ?

– Patientez donc en lisant ce livre. Je l'ai fini hier soir, il est excellent.

La femme de chambre feuillette

le livre en se dirigeant vers une chaise longue tandis que Pivoine se débarbouille, puis rejoint son petit déjeuner. Elle est censée le prendre dans la salle prévue à cet effet, mais elle préfère mettre le cap sur la cuisine. À cette heure, le personnel est éparpillé dans les salons et les chambres, et Pivoine aurait tout loisir d'y préparer son premier repas toute seule.

– Oh non, pas là ! lui crie sa mère. Je t'attends à table depuis dix minutes.

La table en question fait dix mètres de long et manque un peu d'intimité.

Le problème n° 1 de Pivoine est qu'elle est une princesse, une vraie, et que, à cause de ça, on lui interdit en permanence de faire ce qu'elle aime le plus au monde : le ménage. Ranger, ôter la poussière, nettoyer tout à fond, laver par terre,

récurer les casseroles, briquer, lustrer, faire briller, telle est sa passion, que n'encouragent pas ses parents, loin de là. Son père se désole quand il la prend en flagrant délit de serpillière.

– Oh non, pas ça ! dit-il. Ce n'est pas à toi de le faire. Nous avons du personnel pour ça.

Pivoine est fille unique, et princesse héritière du royaume. Elle sait bien qu'une princesse n'est pas censée mener la vie d'une femme de ménage.

Seulement c'est pour elle une vocation. Sa conviction profonde, concernant notre existence ici-bas, est que

ranger nos affaires, nettoyer nos maisons, épousseter notre monde, ordonner notre

planète, organiser notre intimité, repasser le tissu froissé de nos jours, évacuer les débris de nos vies, voilà ce qu'il y a de plus important à faire.

Justement le lave-vaisselle vient de s'arrêter. Mission accomplie, tout, dedans, est propre.

Pivoine vide la machine en rangeant les fourchettes avec

les fourchettes, les cuillères avec les cuillères, les assiettes plates avec les assiettes plates, les creuses avec les creuses. Les verres à pied, les verres à eau, les bols… que du bonheur, dans une douce musique de tintements de porcelaine et de cristal !

Après quoi, elle va à l'école.

Il faut dire que les princesses se sont démocratisées et que les parents de Pivoine l'ont inscrite à l'école du peuple : lui faire faire ses études au palais l'aurait maintenue dans une trop grande solitude, selon eux. Pivoine est aux anges lorsqu'arrive son tour d'effacer à l'éponge le tableau noir (ou blanc), de balayer la classe ou de reclasser les livres de la bibliothèque sur les rayons. Elle aide aussi à la cantine, range les sacs à dos de ses copines, ramasse les papiers qui traînent dans la cour. Ses camarades trouvent un peu étrange ce goût qu'elle manifeste pour les corvées. Elles la soupçonnent d'être un peu folle, mais elles l'aiment bien quand même.

Apparemment personne ne la comprend. Même la dame qui est venue dans la classe parler des métiers n'a pas évoqué le genre de vocation de Pivoine, ni d'ailleurs sa qualité de fille de roi. Il n'a été question que de professeurs des écoles, de bibliothécaires, de top models, de plombiers, de maçons, d'informaticiennes, de comédiennes, d'ébénistes, de pompiers, de pilotes

de ligne, d'agents immobiliers, de caissières, de banquières, de couturières, de zoologistes, de bûcherons, de sages-femmes, d'endocrinologues, mais en aucun cas de princesses, et encore moins de princesses femmes de ménage.

Or justement, ce qu'aimerait Pivoine, c'est aller chez les gens pour ranger leur pagaille, les aider à jeter le superflu et ainsi à mieux vivre sous leur toit. C'est la raison pour laquelle elle vise les classes préparatoires à une grande école, l'E.N.S.T.A.M., ou École nationale supérieure des techniques des arts ménagers. Pivoine sait que pour y accéder, elle va devoir se cramponner, être bonne élève, ne jamais perdre son objectif de vue, collectionner les meilleures notes.

Elle n'ignore pas non plus que ses parents ont un autre projet pour elle, une ambition qui date de bien avant sa naissance, à savoir une autre grande école dont le nom tient en trois lettres : E, N, A.

Ce qui signifie au choix : école nationale d'administration, ou élite nationale acharnée. C'est l'école des présidents de la République, des ministres des Intérieur ou Extérieur, des grands financiers, des P.-D.G. de très grosses entreprises et de tous ces gens qui parlent de « contrôle », d'« évaluation », de « croissance », etc.

Pivoine, elle, possède un autre vocabulaire, où fleurissent des mots ravissants comme « pelle », « aspirateur », « plumeau », « seau », « fer à repasser ». Rien ne la réjouit comme d'évoquer un « panier à linge » contenant une « montagne de repassage ». Et rien ne la rend heureuse comme de s'y attaquer. Elle a fait ses premières armes dès l'âge de 5 ans avec des mouchoirs et des serviettes, mais aujourd'hui chemises et pantalons ne lui résistent pas. Elle prend une nappe à l'état de chiffon, et vous en fait disparaître, en quatre coups de fer bien placés, tout ce qui empêche ce chiffon d'avoir l'air d'une nappe neuve en damas digne de la table royale.

Évidemment Pivoine a une saison préférée : celle où on ouvre grand les fenêtres et où on secoue et remue toute la maison sous prétexte de grands nettoyages de printemps. Elle aime vider les tiroirs, placards et armoires, trier et jeter l'inutile.

Le seul hic, c'est que ses parents n'approuvent pas chez elle cette façon, pourtant ô combien salutaire ! de combattre les états de porcherie, et que, quand on a dix ans, il faut bien, en principe, se plier aux goûts de ses parents, même quand ceux-ci ont tort.

Pivoine n'est pas le genre à pratiquer le travail clandestin, mais, quand il s'agit de faire ce qu'elle sait être bon pour tout le monde, il faut bien qu'elle mente… un peu.

Ses parents lui ont acheté tout un attirail informatique : ordinateur grand écran, tablette, portable, etc.

Ils ont engagé un informaticien professionnel pour lui apprendre à s'en servir.

«Il faut que tu maîtrises ces outils pour te préparer à l'E.N.A.», a décrété son père. Mais à vrai dire, ce matériel haut de gamme n'intéresse Pivoine que pour les nouvelles surfaces qu'il lui offre à dépoussiérer. Autrement, cette batterie d'écrans l'ennuie profondément.

Parfois, ses parents se montrent un peu plus encourageants. Après tout, il y a des bêtises plus graves que de faire le ménage, et savoir manier le plumeau n'empêche pas d'être bonne élève. Ainsi, un soir de grand dîner royal au palais, venant d'admirer l'excellent bulletin scolaire de sa fille et voulant la récompenser, le roi lui confie une mission de la plus haute importance : descendre à la cave chercher une bonne et vieille bouteille de vin. Pivoine, en robe de gala, descend les marches et s'enfonce dans l'obscurité de la cave. Elle repère sans difficulté la bouteille en question – un jéroboam – et remarque qu'elle est couverte de poussière. Alors la tentation est trop forte. Attrapant un chiffon, elle ne peut s'empêcher de l'astiquer comme un sou neuf, avant de remonter l'escalier et de l'apporter triomphalement à son père.

Voyant arriver cette bouteille toute propre et plus du tout vénérable, celui-ci se renfrogne. Il

aurait tant aimé épater ses invités avec son antique bouteille de grand cru classé, couverte de sa robe de poussière…

Et quand Pivoine se lève comme n'importe quelle petite-bourgeoise pour débarrasser les assiettes, sa mère la fusille du regard. Même si elle s'ennuie à table, une princesse ne débarrasse pas.

Pivoine fait le calcul : il ne lui reste plus que huit ans à subir l'autorité parentale. Ce n'est que dans huit ans qu'elle pourra réaliser son rêve : devenir une star de la vaisselle.

Répétons-le, Pivoine n'est pas du genre à faire les choses derrière le dos de ses parents. Elle essaierait bien quand même de procéder à un peu de ménage clandestin, mais ils la surveillent de plus en plus. Maintenant ils veulent même l'empêcher de faire son lit.

Une à une, ils la soulagent de ce qu'ils considèrent comme des corvées, et la font contrôler de très près. Heureusement, il y a toujours à faire quelques petits travaux de nettoyage à l'école, ainsi que chez ses amies de classe. Pivoine est leur invitée préférée. Elle range souvent leur chambre et, quand il lui arrive de passer tout un week-end chez l'une d'elles, elle nettoie la maison entière. Les mères l'adorent.

Au palais, c'est de plus en plus comme si on lui avait lié les mains. Et même si ses parents voient leur fille triste, ils restent fermes, inébranlables sur leurs positions : une princesse ne fait pas le ménage.

N'empêche qu'il leur arrive de

profiter des talents de leur fille, comme le jour où son père ne retrouvait plus son portable. Il a appelé Pivoine au secours :

– Retrouve-le-moi, je t'en supplie ! Je pars en voyage et j'en ai absolument besoin.

– On va l'appeler avec le fixe.

– J'ai déjà fait ça.

– Essaie de te souvenir : où t'en es-tu servi pour la dernière fois ?

– Dans mon bureau.

Pivoine n'a pas le droit de pénétrer dans le bureau de son père. Elle n'a même jamais vu à quoi ressemblait son intérieur. Ni elle ni les serviteurs n'ont le droit d'y entrer.

– On peut y jeter un coup d'œil, papa ?

– Hélas, il le faut bien, dit-il d'une voix de condamné.

Quand elle voit le désordre qui règne sur chaque centimètre carré du bureau royal, Pivoine est transportée au paradis. Sur la table de travail sont entassés plusieurs siècles de feuilles, de dossiers, de documents, de classeurs.

Par terre, de vieux journaux font la guerre aux livres. Sur chaque fauteuil, une pile de papiers.

– Donne-moi le temps de chercher, papa. Une petite heure devrait me suffire.

Elle profite de l'occasion pour tout ôter de la table, elle range les feuilles et les dossiers, et voilà que sous le fatras, l'objet sacré, sans lequel une existence humaine n'est qu'un rêve d'abruti, pointe le bout de son clavier. Pas étonnant qu'on ne l'ait pas entendu sonner, enseveli qu'il était sous le monceau de paperasses ! Pivoine ne prévient son père que quand elle a bien tout remis en ordre. Enfin elle l'appelle sur le fixe avec le portable. Il exulte.

– Ah ! merci, ma chérie, tu me sauves la vie. Aujourd'hui c'est dimanche, je n'aurais pas pu en acheter un autre.

Il est quand même un peu horrifié par le spectacle désertique qu'offre son bureau rangé. Mais il ne s'en fait pas trop, ça ne devrait pas durer.

À la suite de cet épisode, les royaux parents relâchent un tantinet leur surveillance. Pivoine obtient un peu plus de liberté pour laver les carreaux, astiquer les vitres et surtout faire son lit. Répit de courte durée. Le roi et la reine, décidément, ne veulent pas d'une princesse de ménage. L'incident du téléphone portable oublié, ils resserrent les boulons.

Par chance, ils doivent s'absenter pour un week-end en amoureux, dans un château en Suisse. Pivoine se retrouve seule aux prises avec les serviteurs censés l'empêcher de les aider. En fait, ils sont trop contents de lui apprendre les ficelles et les astuces du métier d'astiqueur.

Tout le monde mange ensemble dans la cuisine. Le chef péruvien montre à Pivoine comment faire l'*aji de gallina*.

Quelques jours après le retour des parents, une nouvelle crise éclate. La reine perd ses lunettes. Naturellement, elle appelle Pivoine à la rescousse.

Pivoine les retrouve tout de suite sous le lit royal et, là encore, elle profite de l'occasion pour passer l'aspirateur, soulever les tapis et la descente de lit, remettre les livres de chevet en une pile droite et bien d'aplomb. C'est seulement quand la chambre est en ordre impeccable qu'elle consent à remettre ses lunettes à sa mère.

Celle-ci les accepte sans dire merci, ne voulant donner aucun encouragement à sa fille dans la voie des travaux ménagers.

Mais quand la reine mère, grand-mère de Pivoine, vient s'installer au palais pour son séjour annuel, éclate un autre drame : un matin, elle ne retrouve plus son dentier ! La voilà qui fait irruption à l'aube dans la chambre de Pivoine en gémissant : « Au secours, mes dents se sont envolées ! »

Pivoine se doute bien que les dentiers ne volent pas. Elle est convaincue qu'ils restent le plus souvent à proximité de l'endroit où on les a posés. Elle défait simplement le lit de sa grand-mère et là, luisant comme deux rangées de perles, le dentier est retrouvé, coincé entre le matelas et le sommier.

Ces triomphes n'apportent aucune gloire à Pivoine.

Au contraire, ses parents ne l'en surveillent que plus. Leur obsession reste la même : certains agissements sont inappropriés à la condition de princesse.

Pivoine pense néanmoins que, quand on rend service, on a droit à un minimum de reconnaissance.

Alors elle décide que, dorénavant, tout ce qui sera perdu ou égaré sera égaré pour de bon et perdu pour toujours. Qu'on ne compte plus jamais sur elle pour lever le moindre petit doigt ni venir en aide à quiconque. Elle ne fera plus qu'attendre tranquillement et docilement qu'arrive le jour de sa majorité, où elle jettera sa maudite couronne à la poubelle, pour goûter enfin une vie légère.

Et c'est ce qu'elle fait. Le temps passe et désormais, elle laisse son lit en vrac, mange à la salle à manger, n'époussette plus aucun meuble, respecte le désordre, ne passe plus la serpillière, ne cherche plus les lunettes et ne classe plus nul papier.

Elle remise ses tabliers et ses chiffons dans un tiroir inaccessible : eux aussi attendront. Et pour ne pas rester oisive, elle se consacre jour après jour à un apprentissage opiniâtre de tout ce qui concerne l'informatique, au point qu'elle y devient experte, et que tout le palais a maintenant recours à elle quand il y a une panne ou un bug.

Ses envies de plumeau la démangent, bien sûr, ses regards se chagrinent en permanence des poussières oubliées par le personnel, mais Pivoine reste stoïque, insensible en apparence aux maudites toiles d'araignée, se contentant de mener sa vie absurde et oisive de princesse.

Et il faut dire que, quand on ne pratique plus sa spécialité, on finit par en perdre jusqu'au désir.

Pivoine se languit, vautrée du matin au soir sur une chaise longue, à lire vaguement un livre, quand, un jour, son père vient lui tenir ce langage.

– J'ai un problème, ma princesse chérie.

– Puis-je vous aider à le résoudre, mon père ?

– Voici l'histoire : j'ai caché, il y a des années, une grosse somme d'argent liquide dont je pensais avoir besoin pour effectuer certains paiements à caractère de secret d'État. Et puis, finalement, je ne m'en suis pas servi. Je voudrais bien la récupérer.

– Qu'est-ce qui vous en empêche, mon père ?

– Je n'ai plus aucun souvenir de la cachette où je l'ai mise.

Le roi a une mine assez catastrophée.

– Vous avez au moins une petite idée de l'aile du palais où elle se trouve ?

– Même pas.

– Mon père, m'autorisez-vous à faire toutes les recherches nécessaires ?

– Oui, mais en toute discrétion. La reine, ta mère, doit passer prochainement des vacances en Angleterre. Tu auras deux semaines pour opérer.

Pivoine ne peut résister à rompre la promesse qu'elle s'est faite, elle peine à contenir sa joie. Elle va passer cette période de vacances maternelles à déménager chaque meuble, à ouvrir chaque tiroir, à retourner chaque matelas, à fouiller, à inventorier, à trier, à sonder, à éliminer.

Mais d'abord, il faut réfléchir et se mettre à la place d'éventuels voleurs : où cherchent-ils l'argent caché ?

Elle commence par vider la commode pleine des culottes et soutiens-gorge de la reine.

Elle plie chaque pièce de cette jungle de nœuds et la rétablit dans une certaine harmonie d'ordre. Elle jette les articles usés. À la trappe, les reliques !

Elle explore chaque sac à main de sa mère, mais n'y découvre que du chewing-gum, des cure-dents, des rouges à lèvres, des peignes et du parfum. Pas d'argent.

Elle inspecte de fond en comble le congélateur, bac après bac. Elle retourne chaque chaussette de chaque paire.

Dans la bibliothèque, elle secoue chaque livre. Elle trouve dedans des lettres d'amour, quelques billets de banque étrangers, mais pas les liasses dont son père lui avait parlé.

Elle vide les boîtes de riz et de pâtes du placard à provisions. Elle fouille la terre des plantes vertes, retourne les poubelles.

Pivoine se doute que son père n'est pas assez naïf pour aller cacher de l'argent sous les matelas, mais elle les soulève quand même, tous, l'un après l'autre. Elle regarde sous le plateau des tables. Elle cherche dans ses vieux jouets à elle, et dans l'armoire à pharmacie.

Pendant ces deux semaines de vacances – vacances de rêve – elle passe la maison au peigne fin.

Elle range le grenier, le débarrasse d'un tas de choses superflues : personne ne les cherchera.

De chaque pièce qui reprend figure humaine, elle ressort radieuse.

Au terme du parcours, Pivoine s'attaque à la cave.

Elle ne touche pas aux bouteilles de vin. Elle va droit aux cartons empilés. D'instinct, elle ouvre celui où est marqué « Arbre de Noël ». Il est tapissé de moisissures. L'ayant ouvert, elle n'y trouve aucun ornement de Noël, mais par contre…

Oh ! là, là ! Quel dommage que les souris (ou les rats ?) aient déjà festoyé ! Les billets de banque étaient bien entamés.

Pivoine apporte le carton à son père. Elle s'abstient de tout commentaire. Elle évite de dire que ce n'est pas très malin de cacher de l'argent à la cave. Elle dit seulement : « Consolez-vous, père. Ce n'est, après tout, que de l'argent. Vous en gagnerez d'autre. » Il n'apprécie que moyennement cet argument.

En fin de compte, la banque lui échange quelques billets, ceux – peu nombreux – que les souris n'ont pas trop gravement rongés.

Quand il revient à la maison, il convoque Pivoine :

– Ma fille, ma princesse, lui dit-il, il va falloir te serrer la ceinture. Les temps vont devenir plus durs. Je suis obligé de licencier une partie du personnel. Tu n'auras plus ta femme de chambre. Par contre, j'ai acheté quelques-uns de ces robots qui aspirent la poussière…

– Ne vous en faites pas pour la poussière, mon père, je m'en charge. Mettez les robots chez madame ma mère.

Ainsi, avec la moitié du personnel en moins, Pivoine peut s'en donner à cœur joie, et le palais est bientôt plus astiqué qu'il ne l'a jamais été.

Son père a, encore une fois, recours à ses services. Il vient la voir, un matin, et lui tend une enveloppe pleine d'argent en lui demandant : « Où dois-je cacher ces quelques économies ? »

Pivoine l'amène dans sa chambre où de lourds rideaux pendent devant la fenêtre.

– Je vais coudre cette enveloppe dans l'ourlet de ce rideau, père. Et si vous ne vous en souvenez plus, comptez sur moi pour m'en souvenir à votre place.

– Fais donc !

Les années passent agréablement. Pivoine profite bien de ses années de collège et de lycée. Elle a des amis, sort avec les uns et avec les autres, va au cinéma, à la patinoire, à la piscine et continue à traquer la poussière partout où elle en trouve.

La reine peine un peu à vivre, vu qu'il y a moins de gens à son service, mais elle ne se plaint pas trop, puisque Pivoine les remplace.

Ni son père, ni sa mère ne s'enthousiasment du choix de carrière qu'a fait leur fille, c'est le moins qu'on puisse dire.

Elle est reçue haut la main à

l'E.N.S.T.A.M., mais ils refusent de payer les droits d'inscription. Alors Pivoine découd l'ourlet du rideau, fait ses valises, embrasse ses parents et part.

Elle fait une entrée conquérante dans la grande école qui va lui assurer un avenir radieux.

Et si ses parents ne sont pas trop fiers d'elle, elle l'est à leur place, ce qui compte par-dessus tout.

Du même auteur à *l'école des loisirs*

Collection Mouche

Même les princesses doivent aller à l'école
Un jour mon prince grattera
Sa Majesté la Maîtresse
Le fiancé de la maîtresse
Joker
Halloween Crapaudine
La liste des fournitures
L'autographe
Les fées du camping
Le bonheur est coincé dans la tête
Tu veux être ma copine ?
Supermoyen
Calisson
Princesse Atchoum
La classe pipelette

Collection Chut !

Joker lu par Anne Montaron
Même les princesses doivent aller à l'école lu par l'auteur